L'ÉGLISE RÉFORMÉE

N'EST PAS AUTRE CHOSE

QUE L'ÉGLISE CHRÉTIENNE APOSTOLIQUE,

DISCOURS PAR M. GUCHE,

Pasteur à Pont-Laval.

L'Évangile de Christ est la puissance de Dieu
pour le salut de ceux qui croient.
Romains, chap. 1, v. 16.

Valence,
J. MARC AUREL, IMPRIMEUR-LIBRAIRE,
RUE DE L'UNIVERSITÉ, 8

PARIS,
E. MARC AUREL, IMPRIMEUR-LIBRAIRE
Rue Richer, 42, Faubourg Montmartre.
1844.

6938

L'ÉGLISE RÉFORMÉE

N'EST PAS AUTRE CHOSE QUE

L'ÉGLISE CHRÉTIENNE APOSTOLIQUE,

DISCOURS PAR M. CUCHE,

Pasteur à Poët-Laval.

L'Evangile de Christ est la puissance de Dieu pour le salut de ceux qui croient....
Romains, chap. 1, v. 16.

Au lieu de ce seul verset de nos saints livres, pour déclarer, de la part de l'Esprit qui l'a dicté, que l'Evangile est la puissance du salut, je pourrais prendre pour texte de cette vérité tout le corps des doctrines évangéliques. Ici, tous ceux qui croient sérieusement à l'Evangile, toutes les sectes les plus diverses comme les moins apparentes, toutes les communions qui ne connaissent et ne veulent à bon droit reconnaître que la Parole de Dieu pour règle de leur foi, s'accordent dans une parfaite unité, la seule essentielle puisqu'elle tient au salut, c'est que l'Evangile est la puissance qui sauve. C'est pour

le règne de cet Evangile que des promesses ont été
faites par les prophètes; c'est par lui que les premiers chrétiens ont été éclairés; c'est pour lui que
ses martyrs sont morts.

Ce Testament, que le bras meurtrier de ceux *qui
ont mieux aimé les ténèbres que la lumière* (1), a taché
du sang des croyants, vous l'avez chrétiens réformés! Il vous a été rendu, et avec lui la puissance
du salut est tombée dans vos mains. Oui, vous êtes
dans la voie chrétienne, dans la plus droite, dans
la seule, faudrait-il dire, si les bornes de la miséri-
corde de Dieu ne s'étendaient encore bien au-delà
de notre vue sipirituelle. Il n'y a pas de porte plus
sûre que celle que le flambeau des vérités évangéliques vous montre, pour entrer dans le royaume
des cieux. Et si vous avez foi à l'autorité divine de ce
livre qui les renferme, de ce livre lu par vous, compris par vous, expliqué par vous et pour vous, alors,
quand une main terrible démolirait, dans son aveuglement, tous vos temples, pierre à pierre, assis
sur leurs débris, vous vous écrieriez toujours : Parole de mon salut.... et pourtant tu triompheras !...
Mais, n'eussiez-vous point de foi, ne fussiez-vous
que des hommes de sens, libres de toute préoccupation, de tout sentiment religieux, je veux, en ne
donnant même à l'Evangile qu'une valeur historique
(Dieu me pardonnera ce semblant de sacrilége), je
veux que vous voyiez avec moi que l'Eglise Réformée, à laquelle vous appartenez, est la vraie Eglise
chrétienne, l'Eglise apostolique, l'Eglise de Christ.

(1) St Jean III, 19.

L'Eglise réformée ou évangélique est la véritable Eglise chrétienne. Comment le saurons-nous ? Par la connaissance que nous aurons des rapports de ressemblance qu'il y a entre cette Eglise et l'Eglise des premiers chrétiens, fondée par les apôtres.

Ces rapports sont de doctrine et de culte.

Où trouverons-nous la plus certaine histoire des premières églises chrétiennes, des églises apostoliques ? Dans quel document prendrons-nous notre terme de comparaison ? Dans le document le plus certain, dans le document de première autorité chrétienne, dans l'Evangile. Le livre des Actes renferme l'histoire de l'évangélisation apostolique et de la fondation des premières églises. Les Epîtres, qui sont des lettres adressées par les apôtres à ces églises, font connaître la doctrine qui y était enseignée.

Et afin qu'il n'y ait pas la plus vague inquiétude dans vos esprits sur l'identité de la source à laquelle nous voulons remonter, remarquez bien, et rappelez-vous qu'il n'y a au monde qu'une seule source de la religion de Jésus, qu'un seul Evangile. Repoussez de toutes les forces de la vérité indignée les insinuations que l'ignorance ou la mauvaise foi d'un parti, que la Parole de Dieu met souvent mal à l'aise, voudrait glisser dans vos croyances. Partout où la foi a transporté ces pages de salut, on les retrouve les mêmes. C'est la même Bible qu'on lit à Londres et aux îles lointaines, à Genève et à Rome... si on la lit à Rome ; et nos Sociétés bibliques publient indifféremment Osterwald, Martin, Sacy.

Etablissons maintenant ces rapports.—Depuis les premières paroles de Jean-Baptiste jusqu'à l'Amen de l'Apocalypse, on ne peut voir qu'une seule doctrine religieuse qui commence à la repentance, ou tout au moins au recueillement, premier degré de la repentance, et qui finit à l'obéissance et à l'amour du Sauveur, si profondément exprimés par ces mots: *Oui, Seigneur Jésus, viens!* (1) De telle sorte qu'à quelque page que nous ouvrions l'Evangile, c'est toujours ou sur ces *œuvres convenables à la repentance* (2), ou sur les motifs qui nous portent à les faire, c'est-à-dire, sur les enseignements relatifs à la foi, que tombe notre attention. Si nous consentons à dire, pour faire la part de tous les esprits, que J.-C. a parlé beaucoup moins des objets mêmes de la foi, que de la volonté pratique de Dieu son Père, c'est que son existence même était une prédication de foi. Il était impossible à tous ceux que ne liait pas l'esprit d'aveuglement dont parlent nos livres saints, de ne pas croire à Jésus comme au Messie promis, en l'entendant parler, en voyant tous ses miracles, en s'apercevant que toutes les prophéties s'accomplissaient une à une en sa personne. Mais lorsque, après l'effusion du Saint-Esprit, les apôtres eurent reçu l'ordre d'aller prêcher Christ et la nouvelle du salut sur toute la terre, il fallait bien enseigner aux nations, qui n'avaient pas connu le Sauveur, ce qu'elles devaient croire. De là la nécessité, pour la présenter dans son ensemble, de coordonner la doctrine chrétienne. De là vient que, quoique répandue partout dans l'Evangile, nous la

(1) Apocal. XXII, 20.
(2) St Matth. III, 8.

saisissons plus explicitement dans les Epîtres, écri-
tes pour la rappeler aux églises et pour la maintenir
dans leur sein comme un dépôt sacrĕ.

Tenez l'Evangile ouvert dans vos mains ! que
toute la terre se penche pour y lire avec vous! que
tout ce qui a des yeux et une intelligence d'homme
s'incline sur le commencement, sur le milieu, sur
la fin de ce livre, qu'est-ce qu'il proclame? qu'est
ce que les apôtres prêchent ou écrivent à ces églises
qu'ils ont fondées en divers lieux et aux divers pasteurs qu'ils y ont établis, — à Corinthe, aux Gala-
tes, à Ephèse, à Philippes, à Thessalonique, à
Rome, oui, à la naissante église de Rome? Qu'est-
ce que saint Pierre, saint Jacques, saint Jean en-
seignent au monde dans leurs encycliques, dans
leurs lettres universelles? Que Christ est le seul fondement de salut qui puisse être posé(1); qu'il n'y a
aucun autre nom sous le ciel par lequel nous puis-
sions être sauvés(2); que Christ est notre seul médiateur, notre seul avocat, notre seul intercesseur
auprès de Dieu (3); que ce Dieu, son Père, est
Esprit, et qu'il veut être adoré en esprit et en vé-
rité(4); que seul il doit être adoré et servi(5). Qu'il
soit Juif ou Gentil, l'homme est pécheur devant ce
Dieu d'amour et de sainteté: il n'y a pas un seul
juste(6), pas un homme qui accomplisse la loi et

(1) I Corinth. III, 11.
(2) Actes IV, 12.
(3) I Tim. II, 5. — I Jean II, 1. — Hébr. VII, 25.
(4) Jean IV, 24.
(5) Matth. IV, 10.
(6) Rom. III, 10.

qui puisse ainsi être justifié par lui-même. Le péché a creusé un immense abîme sous l'humanité entière; mais l'amour de Dieu pour ses créatures, plus immense encore, veut le combler, et le Fils de ses gratuités s'adressant aux enfants perdus de la maison d'Israël, fait entendre ce cri de salut : Ne voulez-vous point venir à moi pour avoir la vie? (1) Comme un écho du ciel, ce cri se répète bientôt de nation en nation, où les missionnaires du Christ le portent. L'un s'écrie : Il me suffit de savoir une seule chose; je ne veux connaître que Christ crucifié (2). Un autre s'adressant à un païen qui cherche les choses qui vont à sa paix, lui dit : Crois au Seigneur Jésus, et tu seras sauvé (3). Ailleurs, une voix inspirée fait entendre ces mots : Celui qui croit au Fils a la vie éternelle (4), et encore : nul ne va au Père que par le Fils (5). Et partout, partout dans la chrétienté qui s'engendre, retentit, sous différentes expressions, ce suprême appel d'un Dieu qui veut le salut de tous ses enfants : Allez à Jésus pour avoir la vie (6), car c'est le Prince qui la donne, c'est l'Agneau qui ôte les péchés du monde, c'est le Rocher, le seul Rocher des espérances! (7)

Mais comment l'Esprit-Saint présente-t-il, par la prédication ou les écrits des apôtres, les moyens

(1) Jean v, 40.
(2) 1 Cor. ii, 2.
(5) Actes xvi, 54.
(4) Jean iii, 56.
(5) Jean xiv, 6.
(6) Actes xvii, 28.
(7) Actes iii, 15. — Jean i, 29. — Dans les Psaumes prophétiqués et i Cor. x, 4.

d'avoir part à ce salut qui est en Christ? Ces moyens
sont la volonté active de l'homme et les bénédic-
tions ou la grâce de Dieu. Dès que l'homme a voulu
reconnaître le don que Dieu lui a fait, il doit vou-
loir reconnaître sa misère, et l'œuvre de repentance
doit commencer en lui. Disposé alors à croire, s'il
veut tenir les yeux ouverts sur les moyens de fortifier, d'augmenter sa foi, il verra que Dieu les mul-
tiplie en quelque sorte autour de lui, et c'est dans
ce sens que la foi devient un don de Dieu. Ainsi
commence à marcher vers le Sauveur celui qui ré-
pond à son appel. Dès-lors, il ne doit plus être ce
qu'il serait s'il n'allait pas à Jésus. Il faut qu'il re-
nonce aux convoitises de son esprit et de sa chair,
qu'il combatte, comme l'Evangile le dit, par la
prière et la vigilance (1), jusqu'à ce qu'il se sente
animé, dans la mesure qu'il plaira à Dieu de lui
donner, de cet esprit d'amour et d'obéissance pour
Christ, qui en fait un vrai disciple de Christ, un élu,
une âme sauvée. Cette marche de sanctification,
cette voie qui conduit au salut que Jésus nous a
acquis, est ainsi tracée dans nos livres sacrés, soit
par des préceptes directs, soit par des allégories.
Tantôt ceci est enseigné sous l'emblème d'une nouvelle naissance (2), tantôt sous celui des sarments
qui ne font qu'un avec le cep (3). Et pour gagner
des âmes au salut, les premiers prédicateurs de la
foi chrétienne, en s'adressant à la conscience, à la

(1) 1 Tim. vi, 12. — Matth. xxvi, 41.
(2) Jean iii, 7.
(3) Jean xv, 5.

volonté, à tout l'être moral de l'homme, ne mettent entre lui et Christ que l'Evangile de Christ et son sacrifice.

Voilà la doctrine des évangélistes et des apôtres; voilà — jugez vous-mêmes, car on vous parle comme à des personnes intelligentes (1), — voilà les enseignements que reçurent les premiers chrétiens; voilà, en résumé, de quelle manière le Saint-Esprit entend et publie la nouvelle du salut. — Lisez, lisez donc, sondez les Ecritures (2)... Y voyez-vous que l'Esprit-Saint, tandis qu'il enseigne que Jésus est le seul médiateur, le seul avocat auprès du Père, enseigne aussi, et contradictoirement, dans une autre page, qu'une foule innombrable de saints, connus tout au plus dans un calendrier, soient aussi des médiateurs auxquels il faille adresser des prières? Y voyez-vous que le Sauveur y déclare en même temps qu'il faut adorer le Seigneur, le servir lui seul, et qu'il faut servir et adorer la *reine des cieux*, et que sais-je encore, une espèce d'olympe christianisé? Quand l'Esprit-Saint y déclare que Dieu doit être adoré en esprit et en vérité, voyez-vous qu'il y déclare aussi qu'il faut charger cette adoration de pompes, de cérémonies, d'un éclat terrestre qui déplace à la lettre l'adoration, et la change en une plus ou moins chaude admiration d'étoffes, d'objets d'art, d'oripeaux dont tout le brillant ne vaut pas la pauvre nudité d'une muraille, humble témoin d'une fervente prière? Quand le Saint-Esprit promet le salut à celui

(1) 1 Cor. X, 15.
(2) Jean V, 59.

qui travaille avec crainte et tremblement à sa sanctification (1), qui s'attache par l'amour et l'obéissance à Celui qui seul a le pouvoir d'ôter les péchés du monde, dit-il quelque part qu'on peut l'obtenir par de l'argent, que l'on rachète ses péchés par des aumônes, par des offrandes?... fait-il enfin du ciel et de ses béatitudes une marchandise?... Mais à quoi bon poursuivre! Il nous importe bien plus de connaître ce que le Saint-Esprit a révélé, que de voir ce qu'il n'a point enseigné.

Eh bien! vous l'avez connue cette doctrine sainte, chrétiens évangéliques! La même qui a éclairé, conduit, animé, consolé la primitive église, la même reluit au milieu de vous, la même vous est prêchée, vous est enseignée pour vous consoler, pour vous éclairer, pour vous amener à Christ, pour vous conduire au salut! Et non-seulement ici, mais dans les plus petits fractionnements de l'église purement évangélique, où l'on ne trouve au bout du compte que des différences de constitution ou de discipline, les mêmes enseignements fondamentaux se retrouvent. — Il n'y a pas jusqu'à la ressemblance de votre culte avec celui des premiers chrétiens qui ne puisse être constatée. Au livre des Actes, remarquez ce seul passage : *Ils* (les premiers chrétiens) *étaient assidus à la doctrine des apôtres, à la fraction du pain et aux prières* (2). Vous voyez là les parties qui constituent votre propre culte. Remarquez ce passage de saint Paul : *Vous entretenant par des psaumes, des*

(1) Philip. II, 12.
(2) Act. II, 42

cantiques, des chants spirituels, chantant et psalmodiant au Seigneur (1). Que manque-t-il donc pour que votre culte ressemble à celui de la primitive église?

Lisez l'Evangile, chrétiens de l'Evangile! lisez les Actes, lisez les Epîtres, et vous verrez si l'Eglise réformée tout entière, avec toutes ses dissidences qui n'ont point de réalité quant au fond, ne se rattache pas à travers les âges, et par la doctrine et par le culte, au berceau de la religion de Jésus!

Ils disent cependant que vous êtes de Luther et de Calvin, et que *votre religion* n'a que trois cents ans d'existence. Ignorance ou mensonge!... Comme si Calvin et Luther avaient inventé une doctrine religieuse! comme si l'Evangile lui-même n'avait été donné au monde que depuis trois siècles! Non, vous n'êtes ni de celui-ci, ni de celui-là, ainsi que les premiers chrétiens étaient exhortés à n'être ni de Paul ni d'Apollos. Vous êtes de Christ, bien-aimés frères, car on ne vous prêche que Christ; vous êtes entés au tronc même de l'arbre de vie, et il ne tient qu'à vous d'être nourris de sa sève. Dieu a ses desseins et ses moments. Ces hommes, et d'autres avec eux, ces hommes providentiels ont eu le courage de renverser le boisseau qui couvrait la lumière, de ressaisir, pour le mettre au grand jour, le dépôt sacré qu'on avait enfoui pour laisser plus de liberté à des oracles humains. Ils ont fait comme les personnes intelligentes dont parle l'Evangile,

(1) Éphés. v, 19.

ces hommes ; ils se sont mis à le lire attentivement, et ils ont vu ce que Dieu leur a fait voir ; ils ont vu que là est la puissance qui sauve, et que l'église apostolique n'avait pas d'autre règle de foi que la Parole. Sans intérêt personnel, puisque le bûcher de Constance fumait encore, et uniquement pour l'amour de la vérité, ils ont prêché la vérité aux âmes ! Et les âmes ont pu juger qu'ils prêchaient la vérité !

Ils disent que les chrétiens réformés n'ont pas une religion aimante, compatissante ; qu'ils sont froids, égoïstes, et que leur charité mesquine calcule toujours. — Dieu nous garde de nous prévaloir de nos œuvres ! humilions-nous sous cette accusation, de quelque côté qu'elle nous vienne, car aucun homme devant Dieu ne fait tout ce qu'il devrait faire. Mais pourtant nous devons dire, puisque c'est notre principe qu'on attaque : quelle ignorance ou quel mensonge ! Aimante ? compatissante ? tolérante ? De quel côté donc, hors de l'état de guerre, ont été les persécutions sanglantes, les auto-da-fé de toute espèce ?..... L'Evangile n'a-t-il point ému et poussé nos missionnaires avec leurs familles, sans auxiliaires que des prières et leur confiance au Seigueur, sur des plages sauvages pleines de périls ?... Le budget énorme de nos sociétés religieuses continentales, britanniques et américaines est-il donc si peu connu, ou si bien caché sous des insinuations mensongères, qu'on ne puisse glorifier l'Evangile dans ses effets ?... Rien qu'une charité mesquine qui calcule ! D'où viennent donc nos associations de bienfaisance ? D'où vient que le voyageur en peine pour son pain quotidien, que le vagabond, si l'on veut, emprunte souvent, dans une préoccupation d'esprit inutile puisque nous donnons à tous, emprunte, dis-je, la qualité de chrétien réformé pour recevoir à coup sûr l'aumône de nos consistoires?... Ah! tandis qu'il est notoire dans le monde qu'on ne demande dans nos temples que pour les pauvres, tandis qu'il est notoire dans le monde qu'en aucun lieu de la terre la bienfaisance, sous toutes ses formes, ne s'exerce plus activement, plus chaleureusement qu'à Genève, on oublie qu'au pied des splendeurs du vatican, ou que sur les parvis d'une basilique, dont les richesses suffiraient à nourrir tous les nécessiteux d'Italie, retentit ce cri historique du pauvre : O faim!... je meurs de faim!

Ils disent encore, ils osent dire que l'Evangile seul avec son culte ne satisfait pas tous les besoins religieux de l'homme, qu'il ne saisit pas l'âme tout entière! O mon Dieu! ils osent dire cela! mais c'est pourtant une impiété, si ce n'est le plus déplorable des aveuglements! Apôtres, premiers pasteurs de l'église chrétienne, malgré les dons que vous aviez reçus dans *le même lieu*, vous vous êtes donc trompés, quand vous avez donné pour seule règle de foi l'Ecriture, et rien que l'Ecriture, dont vous dites : *Elle est divinement inspirée pour enseigner, pour convaincre, pour corriger et pour instruire, afin que le croyant soit accompli et parfaitement instruit par elle pour toute bonne œuvre!* (1) Vous vous êtes trompés encore, hommes inspirés de Dieu, quand le culte

(1) II Tim. III, 16—17.

que vous avez fondé était aussi simple qu'il devait
l'être pour une adoration en esprit et en vérité !
Esprit-Saint ! tu t'es trompé toi-même : tu n'as point
connu les vrais besoins religieux des âmes ; et des
hommes qui pèchent chaque jour contre toi connaissent mieux les âmes , connaissent mieux leurs besoins !... Mon Dieu ! quand ils se présentaient au
supplice, tes martyrs avaient-ils besoin d'autre chose
que de tes promesses pour être fortifiés, pour être
résignés ?... Ton Evangile n'est-il pas dans les épo-
ques les plus civilisées un objet d'étude pour les
plus hautes intelligences? ne parle-t-il pas au cœur
du peuple et de tous par ses consolations, par ses
compassions? Est-ce donc dans des traditions pleines
de puérilités, dans des enseignements qui répugnent
toujours plus au bon sens général des sociétés, que
la raison, qu'une vraie sensibilité, qu'une imagina-
tion réglée, que l'âme enfin ira de plus en plus cher-
cher son vrai contentement? Est-ce..... je n'ai pas
le courage d'aller plus loin, de discuter plus long-
temps les droits de l'Evangile au salut des âmes?
Devant l'évidence de ces droits, je n'ai plus qu'une
prière de charité à faire entendre : Mon Dieu, aie
pitié de ceux qui se trompent ! convertis-les toi-
même à ta Parole par la lumière de ta Parole !

Ah ! c'est elle, M. C. F., que tous les peuples
croiront. Les cieux et la terre passeront comme un
vêtement, et avant eux les superstitions et les faux
oracles, mais cette Parole demeure perpétuellement.
C'est elle que vous devez croire, car c'est elle seule
qui fit la foi de cette première église chrétienne qui
avait Christ pour fondement. C'est elle qui fait votre

foi, car votre foi est celle de saint Paul, de saint
Pierre, de saint Jean, de saint Jacques, de tous les
apôtres, de tous les disciples qui ont vu, qui ont
entendu le Sauveur, ou qui ont vécu pendant que
l'Esprit-Saint soufflait visiblement sur l'église. A qui
donc, grand Dieu! pourrait-il venir des inquiétudes
sur la vérité religieuse, précisément parce que sa foi
et son culte seraient ceux des premiers chrétiens?
Quelle hésitation est possible, pour la soumission de
la foi, entre cette assemblée d'hommes choisis pour
recevoir le baptême de la Pentecôte, et ces assem-
blées pontificales où il ne se manifeste aucun mira-
cle, aucun signe de la volonté divine? Quelle hésitation est possible entre le Saint-Esprit et.... cet
homme prédit par l'Evangile, cet homme de pé-
ché(1), assis sur les sept collines?(2)... O créatures
de Dieu, à qui l'Evangile a été dispensé, croirez-
vous l'Evangile de Dieu ou les hommes?...

M. F., vous avez sans doute compris le but de ce
discours. Notre intention n'a certes pas été de ré-
veiller chez vous d'anciens et pénibles souvenirs,
ni d'élever autour de vous une barrière pour cir-
conscrire vos rapports de charité. J'ai voulu, chrétiens de l'Evangile, j'ai voulu, autant qu'il m'a été
donné de le faire, éclairer et raffermir votre foi. J'ai
voulu vous prémunir contre ses ennemis, contre les
attaques directes ou autres de cet esprit tracassier,

(1) II Thess. II, 5.
(2) Apocal. XVII, 9.

inquiet, qui parle, qui remue, qui s'agite pour vous troubler, parce qu'il commence à se troubler beaucoup lui-même. J'ai voulu, dans les courts instants qui nous rassemblent ici, vous indiquer quelques-uns de vos moyens de défense. Puissé-je vous avoir armés *du casque de l'espérance, de la cuirasse de la foi, de l'épée du salut!*

Et maintenant, pour que ces armes ne se rouillent pas, pour qu'elles ne vous deviennent pas inutiles, pour que vous soyez prêts au combat de la foi avec vous-mêmes et avec les autres, pour que vous puissiez rendre compte de vos espérances de salut, pour que vous puissiez toujours marcher en toute sécurité d'esprit dans la voie où se rencontre le Sauveur, — laissez-moi vous dire encore : Lisez l'Evangile ! lisez-le seuls, lisez-le en famille ; méditez la Parole avec la mesure d'intelligence que Dieu vous a donnée. Faites comme les premiers chrétiens qui étaient assidus aux leçons évangéliques ; imitez les fidèles de Bérée qui étaient loués par les apôtres de ce qu'ils sondaient eux-mêmes avec persévérance les Ecritures (1). Comment cette lecture ne vous fortifierait-elle pas, puisqu'elle a fortifié les premiers croyants devant la mort ? Comment ne vous éclairerait-elle pas, puisque c'est par elle qu'une foule d'âmes sincères passent chaque jour des ténèbres à la lumière ? Ah ! lisez, et pour vous éclairer, et pour vous fortifier, et pour vous consoler... et aussi pour voir de quelle manière vous devez vivre ici-bas, à quels saints devoirs vous devez

(1) Act. xvii, 10—11.

vous exercer dans ce vestibule de l'éternité. Car, M. T. C. F., il ne suffit pas qu'à cette lecture, ou qu'à l'ouïe de ce que nous venons de vous dire, vous ne puisiez que la stérile certitude d'avoir la vraie foi chrétienne, la foi apostolique. Oh ! songez que si vous avez le bonheur d'appartenir de plus près que les autres au vrai cep, vous êtes tenus de porter plus de fruits que les autres ! Si vous ressemblez aux premiers chrétiens par vos principes de foi, ressemblez-leur aussi par la vie ! Ne soyez comme eux, et autant que le permet la différence des situations, qu'un cœur et qu'une âme (1). Recherchez en commun l'édification qu'ils recherchaient ! aimez-vous comme ils s'aimaient ! Etendez cet amour au-delà des liens qui vous unissent ! Souvenez-vous, dans votre charité, de tous les enfants d'Adam, de tous les enfants du même Dieu, dois-je dire ! Et que pour ceux que vos bienfaits ou que vos affections ne peuvent visiblement atteindre, vos soupirs et vos prières montent vers le trône des miséricordes ! — C'est en croyant ainsi, c'est en faisant ainsi, que l'Evangile deviendra pour vous, C. et B. A. F., la vraie puissance qui sauve. Amen !

(1) Act. iv, 52.

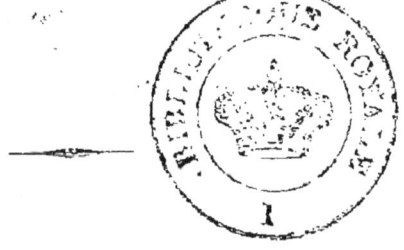

Valence, imprim. de J. Marc Aurel.

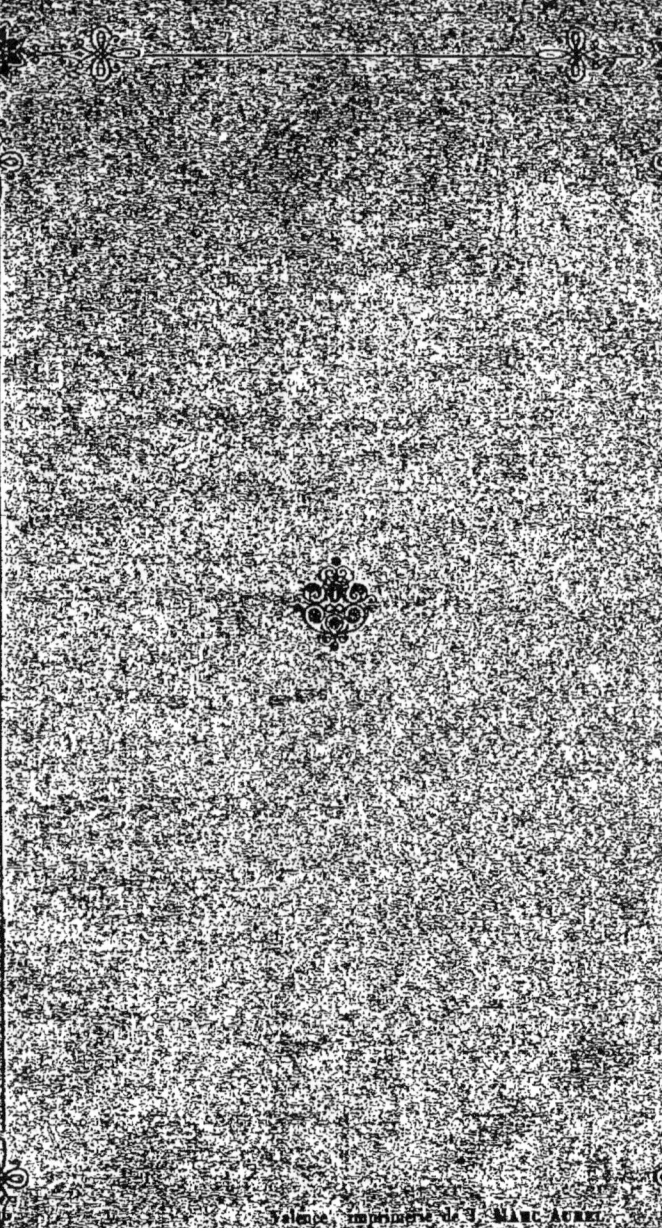

Valence, imprimerie de J. Marc AUREL.